EL MISTERIO DEL GRANJERO DE MAÍZ

POR: MICHEL KOHN

ILUSTRACIONES

MACA RIVERA

Esta es la historia de un granjero muy especial, tanto en su personalidad como en sus acciones. Era muy admirado por todos, ya que siempre tenía el mejor maíz del pueblo. Nadie sabía cómo lo hacía, era todo un misterio...

2

EL MAÍZ

Muchas personas pensaban que era una especie de mago o hechicero. Otras, decían que tenía una receta indígena especial. Pero en realidad nadie sabia cuál era su secreto...

Por eso todos los años, el granjero era la atracción principal durante el Festival Nacional, en donde se premiaba a la persona que sembraba el mejor maíz.

5

Y como pueden imaginarlo, año tras año, solía ganar.

Después de la ceremonia de premiación, la gente esperaba que revelara su secreto, pero él siempre relataba la misma historia...

– Nuestra familia ha tenido siempre el mejor maíz de la nación...

Hace más de 100 años mi bisabuelo plantó la primera
semilla en estas tierras...

9

– Luego continuó mi abuelo...

– Y después mi padre...

14

– ¡Es un negocio familiar heredado!

Y así, año tras año, el misterio del granjero seguía sin descubrirse...

Pero esta vez entre la multitud estaba David, un niño sumamente curioso que no estaba convencido con esta historia. Inmediatamente pensó que el granjero tenía que hacer algo especial para siempre tener el mejor maíz... Alguna estrategia... algún secreto...

– Ganar el concurso siempre no podía ser casualidad o suerte... – Dijo David

Entonces decidió investigar al granjero. Primero fue a buscar alguna pista en su casa...

Luego en su campo...

¡Hasta se subió a su carro!

Pero David no pudo encontrar nada extraño ni diferente. Aparentemente, este granjero no hacía nada especial.

David podía garantizar que el granjero tenía un secreto y estaba comprometido a encontrarlo. Así que antes de darse por vencido, decidió hacer lo que nunca nadie antes se atrevió...

23

Sencillamente fue y le preguntó:

– ¿Cómo hace usted para siempre tener el mejor maíz?

– Estoy muy contento
de que me hagas
esta pregunta gran
amigo – Dijo el granjero

– ¡Yo comparto mi maíz con
mis vecinos!

26

David no podía creer lo que estaba escuchando y preguntó:

– ¿Cómo puede darse el lujo de compartir su maíz con ellos si son su competencia?

27

– ¡Escucha bien mi querido amigo! Lo que te voy a decir no es ningún secreto:

El viento esparce el polen que producen las plantas de campo en campo. Si mis vecinos plantan un maíz de menor calidad, el polen que traerá el viento a mi campo será de menor calidad.

29

– Por eso, si yo quiero tener un buen maíz, debo asegurarme que los demás también tengan un buen maíz.

David, un poco confundido, le preguntó:

– ¿Este es su gran secreto...? ¿Compartir?

El granjero con una gran sonrisa le respondió:

– Así es David...

Todos estamos en el mismo barco... Ayudando al prójimo nos beneficiamos nosotros mismos.

Publicado por Mismo Barco
www.mismobarco.com

Hecho por: Michel Kohn
Ilustración: Camila Rivera
Diseño: Rahel Kamhaji
Revisión del texto: Rita Segal

Made in the USA
Las Vegas, NV
07 October 2023

78714839R00021